KB200819

우리들의
고민상담소

우리들의 고민상담소

초판 1쇄 2024년 10월 25일

글쓴이 | 박일환

펴낸곳 | 도서출판 단비
펴낸이 | 김준연
편 집 | 최유정

등 록 | 2003년 3월 24일(제2012-000149호)
주 소 | 경기도 고양시 일산서구 고양대로 724-17, 304동 2503호(일산동, 산들마을)
전 화 | 02-322-0268
팩 스 | 02-322-0271
전자우편 | rainwelcome@hanmail.net

ISBN 979-11-6350-124-4 43810
값 12,000원

우리들의 고민상담소

박일환 시집

단비
danbi

시인의 말

두 번째 청소년시집을 낸 뒤 이만하면 청소년들에게 시로 들려줄 말은 웬만큼 풀어냈겠다 싶었습니다. 그런데 여전히 남은 말들이 있었나 봅니다. 그런 말들이 비집고 들어와 한 자리 내달라고 요구하는 대로 쓰다 보니 또 한 권의 청소년시집을 묶게 되었군요. 교직을 떠난 지 꽤 됐지만 그때 만났던 청소년들이 보여 준 다양한 모습과 그들의 목소리가 여전히 내 안에 머물고 있기 때문이 아닐까 하는 생각을 해 보았습니다.

내가 만난 청소년들은 서로 같으면서 달랐습니다. 또래들이 지니고 있을 법한 고민을 공유하면서도 각자의 개성이 다채로운 빛깔을 뿜어내곤 했거든요. 엉뚱한 말과 행동으로 당혹감을 안

겨 주는 친구부터 언제나 진지한 태도로 일관하는 친구, 한없이 지루한 표정을 짓고 있는 친구, 삐딱하게 엇나갈 생각만 하는 것 같은 친구 들이 지금 이 순간에도 각자의 방식으로 자기 앞에 주어진 시간을 채워 가고 있을 겁니다. 그래서 "요즘 청소년들은 다 그래"와 같은 말 대신 다양한 청소년들의 모습을 시로 담아 보려 했습니다. 너무 무겁지 않게, 그러면서도 자신과 세상을 잠시나마 돌아보며 생각하는 계기로 삼을 수 있도록 신경 쓰기도 했고요.

무엇보다 4부에 실은 시들에 마음이 쓰입니다. 벌써 10년이 흘렀군요. 진도 앞바다는 여기서 대체 무슨 일이 있었냐는 듯 무심하게 일렁이고 있겠지만, 사랑하는 아들딸을 잃은 부모님들의 마음은 여전히 측량할 길 없는 슬픔의 바다에 갇혀 있을 겁니다. 같은 학교, 같은 동네에서 서로 웃고 장난치며 어울리던 소중한 친구를 잃은 생존 학생들의 마음을 생각하면 그 또한 아득하기만 하고요.

4부에 배치한 시들은 단원고 희생 학생들의 짧은 삶을 기록한 약전과 유가족들의 여러 인터뷰, 친구들이 남긴 글 등을 참고해 가며, 그 친구들이 얼마나 아름답고 소중한 존재였는지 돌아보고자 하는 마음으로 썼습니다. 남은 이들이 할 수 있는 게 잊지 않고 기억하는 일뿐일지라도, 그런 기억의 힘으로 지금은 지상에 없는 친구들이 우리 가슴속에 오래오래 살아 있도록 만들고 싶었습니다.

책을 만들어 준 출판사와 인쇄소, 제본소 관계자들께 머리 숙여 고마운 마음을 전합니다. 시집을 펼쳐 들 독자 여러분께도 같은 마음으로 미리 다정한 인사를 건넵니다. 다들 아름다운 삶에 대한 꿈을 놓지 말고 씩씩하게 또 한 걸음 내디디시길 바라며….

박일환 씀

차례

2부 • 목이 길어지는 이유

3부 • 구름의 마음

4부 • 돌아오지 않은 신발

1부 / 나의 예언서

변신 마술

코끼리도 기린처럼 날씬해지고 싶을까?
호랑이도 고양이처럼 귀여워지고 싶을까?
사자도 원숭이처럼 나무에 매달리고 싶을까?

코브라가 도마뱀처럼 달리고 싶거나
악어가 금붕어처럼 비단옷을 입고 싶거나
독수리가 참새처럼 짹짹거리고 싶을 때가
정말 없을까?

나는 지금과 다른 내가 되고 싶을 때 많은데!

체리

우울하거나 슬플 때 나는
체리를 먹어.

왜 하필 체리냐고 묻는다면
너는 왜 푸른 하늘을 좋아하느냐고 묻고 싶어.

그래도 왜 체리냐고 다시 묻는다면
네가 핑크색을 좋아하는 것과 마찬가지라고 답할 거야.

우울하거나 슬플 때 체리는
내가 나에게 거는 마법 같은 것이어서

체리,
하고 혀를 굴리면
어느새 나는 체리 향 가득한 나라에 가 있어.

내가 체리를 발견했듯이
너도 너만의 체리를 발견하기를 바랄게.

우울과 슬픔은 누구에게나 찾아오니까
너에게도 체리가 필요할 거야.

정당 이름 짓기

사회 시간에 모둠별로
만들고 싶은 정당 이름을 지어 보라 해서
우리 모둠 친구들이
자유행복당
자연사랑당
청소년제일당
정정당당까지 각자 의견을 내는데

내가 신사임당이라고 했다가
친구들에게 몰매 맞을 뻔했다.
신뢰와 사랑의 임무를 추구하는 당이라고
얼버무리는 바람에 넘어갔지만

실은 5만 원짜리 지폐를 떠올리고 있었다는 말은
아무에게도 하지 않았다.

무심코 내뱉은 말이지만
나도 벌써 돈에 물든 인간이 됐나 싶어
나에게 슬쩍 미안해졌다.

가을이잖아요

선생님 가을 단풍 좋아하시죠?
저도 노랗게 물든 은행잎과
붉게 물든 단풍나무 잎을 좋아해요.

내 머리 색깔이 왜 그러냐고요?
가을이라서 그래요.
가을 나뭇잎을 닮고 싶었거든요.

가을가을한 내 머리가 사랑스럽지 않으세요?
왜 그런 눈으로 보세요?

가을이잖아요.
그러니 선생님 제발 좀……!

헛소리

내가 친구들과 선생님께
가장 많이 듣던 말.

"헛소리 좀 그만해!"

코로나가 침범한 뒤부터
마스크로 입을 가리는 바람에
내 헛소리가 줄더니
대신 이런 헛소리를 상상하곤 하지.

"내일부터 마스크 쓰고 등교하면 벌점 10점!"
"거리두기 말고 거리좁히기를 실시한다!"

헛소리 대신 헛된 꿈을
꾸고 있는 건지도 모르지만

헛소리가 모여 참말이 되는 그날이
언젠가는 올 거야.

친구들아, 내 헛소리가 그립지 않니?

수포자

세상에는 '노오력'으로도 안 되는 일이 있다는 걸 알게 되었다.

코로나 시대의 속담 놀이

우리 속담 중에
'끈 떨어진 망석중'이나
'끈 떨어진 뒤웅박'이 있는데
의지할 데 없이 가련한 신세를
빗대서 하는 말이래.

내가 새로운 속담 하나를 만들었는데
'끈 떨어진 마스크'
어때, 실감 나지 않니?

뭐라고?
'귀에 걸면 마스크 턱에 걸면 턱스크'도 추가하자고?

코로나의 날들

냇물아 흘러 흘러 어디로 가니?
강으로 바다로 간다고?

친구야 걸어 걸어 어디로 가니?
피시방도 노래방도 문을 닫아
그냥 집으로 간다고?
어제도 그제도 그랬다고?

강도 바다도 구경하지 못하고
말라 버린 냇바닥이 있다면
내 친구 표정이 딱 그랬겠다.

춘향이 예쁘지 않았다면

이도령을 만나지 못했을 테고
만나도 차였을 테고
춘향전도 안 만들어졌겠지.
국어책에 나올 일도 없을 테고

춘향이 예뻤다는 건
소설을 지은 사람 얘기겠지만
왜 주인공은 늘 예뻐야 하지?

춘향이 향단이보다 못생겼어도
이도령은 춘향에게 끌렸을까?

외모보다 실력이라는 말을
믿어야 할지 말아야 할지
나는 왜 고개를 갸우뚱거리곤 할까?

고장 난 신호등

빨간 등이 켜지더니
아무리 기다려도 그대로다.

그 애에게 건너가려 하면
언제나 그렇다.

간절한 내 마음은
여기서 안절부절못하는데
꿈쩍도 하지 않는 저 빨간 등.

누구에게 수리를 부탁해야 하나?
도움을 요청한 하느님도
신호등에 걸려 못 오는 걸까?

나의 예언서

내년에 열다섯 살이 되면
나는 반에서 꼭 10등 안에 들 거고
멋진 남친을 만들 거다.

열여섯을 앞두고 나는
다시 예언서를 만들고 있다.

나는 반에서 꼭 10등 안에 들 거고
멋진 남친을 만들 거다.

열일곱을 앞두고 있을 때도
같은 예언서를 만들게 될 것 같은
이 불길함의 정체는 대체 뭐지?

룰루랄라는 국어사전에 없다

선생님 몰래 땡땡이를 쳤습니다.
룰루랄라
콧노래가 절로 나왔습니다.

룰루랄라는 표준어가 아니라서
국어사전 속에 없고
나는 교실 안에 없습니다.

룰루랄라의 손을 잡고
룰루랄라와 어깨동무를 하고

밖으로 빠져나온 것들끼리
다정한 친구가 되어 볼까 해요.

제발 잡으러 오지 마세요.

국어 시간

선생님이 '왜 때문에'는 틀린 말이란다.
내 입에서 바로 이런 말이 나왔다.
왜 때문에요?

나를 빤히 바라보던 선생님은
어이없다는 표정으로 이렇게 말했다.
너 때문에!

선생님 때문에 물었는데
나 때문에라니?
선생님은 대체
왜 때문에 그랬을까?

2부

목이 길어지는 이유

럭비공 사랑하기

축구보다 럭비를 사랑하기로 했어.
럭비공은 어디로 튈지 모른다는데
그럴수록 내 품에 꼭 안고 달리고 싶어.
찬다는 말보다 안는다는 말이 좋아.

몰고 가기보다 안고 가기
뻥 차기보다 꽉 끌어안기
그렇게 한 몸으로 결승선 넘어가기

상대가 막아서면 힘차게 밀고
태클에 걸려 넘어지면
그 자리에서 다시 시작하는 거야.

내가 지금 안고 달리는 게
꼭 럭비공만은 아닐 거야.
저마다 놓치고 싶지 않은 게 있을 테니
힘껏 달려!
넘어지더라도 가슴에 품은 건 꽉 끌어안고!

열리면 문이고 닫히면 벽이다

자퇴서를 내고
학교를 빠져나오던 날부터
나에게 교문은 벽이 되었다.

학생도 아니고 성인은 더욱 아닌 내가
마음대로 열고 들어갈 수 있는 문은 많지 않았다.

내가 학교를 버렸는지
학교가 나를 버렸는지
이제 와서 그런 건 따지고 싶지 않다.

지금 내가 문밖에 서 있다는 것
밀어도 꿈쩍 않는 벽들이 많다는 것

길은 여러 갈래라지만
그럴수록 고르기 어려운 법이어서
어디로 발을 떼야 하나 고민할 때마다
교문 안쪽의 세계가 그리워지기도 했다.

돌아볼수록 문은 멀어졌고
어느새 있어도 없는 존재가 된 나는
내가 열고 들어갈 수 있는 문을 찾는 중이다.
벽이 문이 될 때까지 두드려 보는 중이다.

들리니? 들리세요? 들리십니까?

(   )

맨손으로 물고기를 잡으려면
두 손을 적당히 벌린 다음
살금살금 다가가서 잽싸게 움켜야 해.

과연 물고기가 잡혔을까?
움켜쥔 손을 펴 보면
허탕 치기 일쑤

시험을 잘 보려면
(   ) 안에 정답을 잡아 가둬야 하는데
역시 허탕 치기 일쑤

요리조리 빠져나가는
물고기와 정답을 잡아채려면
아무래도 낚싯대를 준비해야 할까 봐.

물음표처럼 꼬부라진 낚싯바늘
풍덩 던져 놓고
하염없이 찌만 쳐다보는
저, 대책 없는 농땡이들.

물음표(?)

흥, 내가 걸려들 줄 아는 모양인데
그건 착각이야.
묻는 건 네 자유지만
내가 입을 벌리지 않으면
너만 답답하겠지.

그러니 내게 묻기 전에
너에게 먼저 물어봐.

모든 질문은 안으로 향할 때 빛나는 법이니
낚싯바늘 같은 물음표로
너부터 낚아 올릴 수 있다면

물음표(?) 옆에 느낌표(!)
나란히 세워 둘 수 있을 거야.

느낌표(!)

감동은 저절로 찾아오지 않아.
아무 때나 찾아오지도 않고
그러니 움직여야 해.

눈으로 보고 가슴에 담는 일
귀로 듣고 가슴에 새기는 일
혀로 맛보고 코로 냄새 맡고 손으로 만지면서
가슴에 간직하는 일

그러자면 찾아 나서야 해.
지금 있는 여기에서
저기 저 자리, 저기 저 시간 속으로
나를 옮겨 놓아야 해.

가지고 다녀야 할 건 뜨거운 가슴이면 돼.
만나는 모든 것들과
반갑게 인사 나누다 보면
가슴에 딱 꽂히는 게 있을 거야.

!

!

!

세상에 이렇게 많은 보물이 있다니!
저절로 느낌표를 찍게 될 거야.

주어

너는 거기서 너답게
나는 여기서 나답게

스스로 주어가 되어
똑바로 서 있기
함부로 흔들리지 말기
도망가지 말기

들판에 있는 나무와 풀도
스스로 컸으니
너와 나도 스스로 커야 한다는 걸
잊지 말기

목적어도 서술어도
주어가 끌고 간다는 걸
명심하고 또 명심하기

주어 없는 삶은
주인 없는 삶이나 마찬가지이므로

목적어

나를
비롯해

엄마를 아빠를 친구를 동생을 선생님을 참나무를 새털구름을 진달래를 노랑나비를 시냇물을 번개를 소낙비를 함박눈을 냉장고를 침대를 고양이를 낙서장을

그리고 너를 포함한
우리를

사랑하는 거 말고
무얼 해야 하지?

미래의 주역

미래의 주역이 되기 위해
지금은 열심히 교과서만 봐야 하나요?
미래를 먼저 살고 있는 어른들도
항상 바쁘고 힘들게 사는데, 우리도 그럴 거잖아요.
지금 이 순간이 기쁘고 즐거운
현재의 주역이 되면 안 될까요?

우리에게 미래의 주역이라고 하는데
아무리 생각해도
미래의 주역은 바이러스 같아요.

인류가 가는 길을 멈춰 세우고
다른 길을 찾아보라고 명령하며
인류의 미래를 쥐고 흔드는
무수한 바이러스들.

내 몸에 바이러스를 심을까 봐요.
적응력 뛰어나고
위기가 닥치면 돌연변이로 돌파하는
바이러스 정신을 배울까 봐요.

히죽히죽 웃는 내가 이상한가요?

감염될까 봐 걱정스러운가요?

괜한 걱정 마시고

이 마스크부터 벗겨 주세요.

바이러스가 오기 전부터

쉿! 떠들지 말고 공부나 해!

우리 입에 늘 마스크를 씌워 놓고 있었잖아요.

기차 화통

내 목소리가 커서
기차 화통 삶아 먹은 것 같다고 하는데
기차 화통을 본 적이 없어
삶아 먹을 수 있는 건지는 모르겠어요.

내 몸을 삶아 먹을 것처럼 뜨거운
여름 햇살은 알아요.
내가 살집이 많은 편이잖아요.

내 목소리도 여름 햇살만큼
강렬한 걸까요?
그래서 온도를 낮추듯
내 목소리를 낮추라고 하는 걸까요?

노력해 볼게요.
그런데 틀림없이 이럴 거예요.
너답지 않게 왜 그래?
너 이상해진 것 같아.

기차 화통과 친구 할 생각은 없지만
만나 보고 싶긴 해요.
너도 나처럼 구박받았니?
물어본 다음
누구 목소리가 큰지 재 보고 싶기도 해요.

친구의 조건

나는 바다를 좋아하지만
그 애는 산을 좋아해.
그래도 그 애와 친구 할 수 있어.

나는 축구를 좋아하지만
그 애는 야구를 좋아해.
그래도 그 애와 친구 할 수 있어.

나는 춤추는 걸 좋아하지만
그 애는 가만히 멍때리는 걸 좋아해.
그래도 그 애와 친구 할 수 있어.

나하고 다른 게 많아도 괜찮은데
너는 왜 하필 그런 애하고 노니?
하면서 따지는 너하고는
아무래도 친구 하기 힘들겠다.

못 찾겠다 꾀꼬리

이팔청춘이 열여섯 살이라고?
그렇다면 나도 이미 청춘이란 얘긴데
내 청춘은 어디에 숨었지?

교실에도 없고
내 방에도 없고
가방 속에도 없고
주머니 속에도 없고
쥐었던 손을 펴 봐도 없는걸.

학교 사물함에 넣고 잠갔나?
학원에 갔다가 흘리고 왔나?
문제집 사이에 끼워 두고 잊었나?

청춘이 나를 찾아오기는 했던 걸까?
아무리 생각해도 아리송할 따름

청춘을 돌려 달라는 어른들 많은데
그런 불가능한 꿈 대신
꼭꼭 숨어 버린 내 청춘부터 찾아 주면 안 될까요?

목이 길어지는 이유

사슴을 목이 길어서 슬픈 짐승이라고 한 시인이 누구였지?
토끼는 귀가 길고 물새는 부리가 길어.
토끼 귀가 긴 건 맹수의 발소리를 잘 듣기 위해서고
물새 부리가 긴 건 물고기를 잘 잡기 위해서지.
생존을 위한 진화의 결과라고 과학자는 말하지만
내 목이 자꾸 길어지는 건 무엇 때문인지
누가 설명해 줄 수 있을까?

그 애가 왜 아직 등교를 안 하지?
아침마다 나는 교문 쪽을 향해 목을 길게 늘이고 있다.

덤핑보다 점핑

시험 끝나고 머리를 쥐어뜯는 건
늘 있는 일이지만, 하굣길에
매장 정리 50% 할인
이런 간판을 만나면 화가 나.

내 성적은 왜 맨날 반값 할인처럼
뭉텅 깎여 나가기만 하는 걸까?

말로는 폐업을 앞둔 폭탄 세일이라는데
일년 내내 같은 문구를 붙여 놓고 있는
뻔뻔함 때문에 더 화가 나.

그러다가 금세 풀이 죽는 건
나 역시 시험 볼 때마다
폭탄을 맞고 있는 처지가 생각났기 때문이야.

지금 내게 필요한 구호는
덤핑보다 점핑

점핑, 점핑, 점핑

아무리 외쳐 보아도
눈물부터 찔끔 나오는 건 왜일까?

3부 / 구름의 마음

미안해요, 기후 위기

올해는 벚꽃이 예년보다 빨리 폈다고 한다.

꽃이 피는 시기가 해마다 빨라진다는 건
그만큼 빨리 진다는 말이겠지.

늦게 펴서 늦게 지고 싶은 꽃이 되고 싶은 나는
가끔 궁금할 때가 있다.

내 안에도 어떤 꽃망울이 숨어 있기는 한 건지
아무리 생각해 봐도 모르겠다.

우리 반 일 등은 일찍 핀 게 분명한데
아무리 봐도 일찍 질 것 같지 않고

내가 겨우 꽃송이 하나 피우면
다른 친구들은 다섯 개 열 개씩 피울 것 같은데

기후 위기라는 말 앞에서
나는 내 존재의 위기부터 생각하곤 한다.

슬라이딩

여자가 왜 야구를 좋아하냐고요?
공부는 안 하고 야구장만 쫓아다니면
대학은 갈 수 있겠냐고요?

아빠가 술로 스트레스를 푼다면
저는 야구로 푸는 것뿐이에요.
야구공처럼 멀리 날려 버리는 거죠.

대학이 걱정된다고 하셨나요?
야구에는 홈런만 있는 게 아니라
도루란 것도 있잖아요.

기회가 왔을 때 전속력으로 달리기
아웃을 피하기 위한 슬라이딩
멋지지 않나요?

두고 보세요.
슬라이딩을 해서라도
꼭 대학에 들어갈 테니까요.

그러니 이번 주말에 야구장 가게
용돈 좀 주세요.

짝퉁과 진퉁

아무래도 나는 짝퉁 같다.
남들은 쉽게 하는 걸 나는 왜
겨우겨우 흉내만 내는 걸까?

아무래도 나는 짝퉁 같다.
남들처럼 눈, 코, 귀, 입 다 있는데
왜 이렇게 균형이 안 맞을까?

노래도 못하고 그림도 못 그리고
성적도 바닥에 착 달라붙어 있으니
생각할수록 짝퉁이 분명한데
짝퉁이 진퉁 되는 기적도 있기는 할까?

친구에게 고민을 말했더니
세상 자체가 짝퉁이라서 그렇단다.

짝퉁이 아니라면
세상이 왜 이렇게 불공평하겠냐며
지구는 둥글지만 세상은 둥글지 않다고 했다.

그 말을 듣는 순간
친구야말로 진통으로 보였다.

체육관에서

이쪽에서 파이팅!
저쪽에서 파이팅!

어디에 장단을 맞춰야 할지 몰라
복어처럼 제 몸을 탱탱하게 부풀린 공은
이쪽에서 저쪽으로
저쪽에서 이쪽으로
정신없이 휘둘리는 동안
이렇게 소리치고 싶었다.

아무나 이겨라!
아무나 이겨라!

체육관 천장은 높고
눈앞에선 자꾸만 별이 빙빙 돌고

중꺾마

꺾이고 싶어 꺾인 나뭇가지가 있나요?
뿌리째 뽑혀 나간 풀은요.

금수저와 은수저보다
흙수저가 쉽게 꺾인다는 걸

당신도 이미 알고 있잖아요.

바구니

무얼 담을까?
무얼 담지?

사탕 같은 거 말고
탁구공 같은 거 말고

꿈 같은 거
행복 같은 거

어떻게 담을까?
어떻게 담지?

갸웃거리는 사이

물음표만
바구니에 한가득.

비행운

파란 하늘 가르며
한 줄기
흰 띠가 길게 뻗었다.

비행기 지나간 자리
저렇듯 선명하지만
잠시 후면 스르르 풀어지고
다시 파란 하늘만 남겠지.

내 고민 내 상처가 남긴 흔적도
시간이 지나면
저렇듯 사라지고 말까?
내 마음에 다시 파란 물 들까?

비행운 사라질 때까지
한참을 바라보며 서 있었다.

할인 쿠폰

성적표 받을 때마다
할인 쿠폰 받는 기분이다.

노력한 만큼 제값을 받고 싶은데
성적표에는 언제나 할인 점수만 찍혀 있다.

정신 승리

스마트폰을 보면서 가다
쾅!
가로등과 부딪혔다.
번쩍!
눈에 불이 이는 게
정신 차리라는 뜻인 것 같아
머리를 크게 흔든 뒤
정신 차리고
다시 스마트폰을 보며 걷기 시작했다.
밤이나 돼야 정신 차리고 불을 켜게 될
멍청한 가로등 따위는
상대해 줄 가치가 없으니까.

참을성

내 배 속으로 들어가 보고 싶을 때가 있다.
내가 한 번도 들어가 보지 못한 배 속에
무엇이 들어 있는 걸까?
무엇이 들어 있기에
엄마도 선생님도 내 속을 모르겠다고 하는 걸까?
나 역시 궁금하긴 하지만
들어가 봐야 할 곳이 너무 많아서 그냥 참기로 했다.

참을성이 많다는 건 좋은 일이다.

구름의 마음

구름 한 점 없이 맑은 날이라고 하면
구름이 얼마나 섭섭할까?

"네가 없으니 교실이 조용하더라."

구름의 마음을 알 것도 같은 날이 있었다.

덩굴손

눈도 코도 없는 저것들
온몸을 손으로 만들더니
기어이 붙잡을 것 찾아 매달리네.
제 살길 찾아 기어오르네.

갖출 것 다 갖춘 인간들이
되레
허방만 골라 짚고 있다며

쌩한 바람 한 줄기
냅다 뺨을 후리고 가네.

졸업

보이니?
저 앞에 무엇이 있는지.
들리니?
저 앞에서 뭐라고 말하는지.

보이지 않고 들리지 않아도
이젠 앞으로 나아가야 해.
두려움과 설렘을 안고
작은 언덕을 넘어가야 해.

잠시 숨을 고르고 뒤돌아보면
교과서와 체육복이 엉켜 있던 사물함
남몰래 모서리를 깎아 놓은 책상
삼 년 동안 오르내린 수많은 계단들
닳고 닳아 반질반질해진 거기
너와 내가 떨구어 놓은 웃음 조각들
반짝이며 빛나고 있을지도 몰라.

떠나지 않으면 다다를 수도 없으니
이제는 안녕!

고마웠던 지난 시절에게
씩씩하게 손 흔들어 주고
한 걸음 앞으로 내디딜 시간이야.

저길 봐.
벌써 새로운 길이 일어서고 있잖아.
어서 달려오라고 춤추듯 꿈틀거리고 있잖아.

가다가 또 다른 언덕을 마주치게 될지라도
다정한 벗들의 손을 잡고 문을 나서며
지금은 다 같이 고개를 들어
미래의 시간을 눈동자 가득 담아 두어야 할 때!

4부

돌아오지 않은 신발

카메라와 기타

– 2학년 1반 한고운

아빠가 아끼던 카메라를 건네준 덕분에
내 꿈이 카메라 감독이 됐다는 건 다 알아.
꿈을 이루지 못한 채
하늘나라로 왔다는 것도 모르는 사람이 없지.

그런 나를 위해 MBC TV 카메라감독협회에서
명예 카메라 감독 임명패를 준다고 했을 때
얼른 달려가서 받고 싶었지만
갈 수 없는 나 대신 엄마가 받았잖아.

고마워. 그리고 미안해.
100년, 500년 엄마랑 아빠랑 같이 오래오래 살겠다고 거짓말해서.
그래도 내가 했던 말 하나는 지켰네.
어른이 되기 싫고 언제까지나 귀여운 딸로만 남고 싶다던 말.
하느님도 참 심술쟁이야.
하필이면 그 소원을 들어줄 게 뭐람.

참, 나는 요즘 기타 연습에 빠져 있어.
내가 기타 학원도 다녔다는 건 모르는 사람이 많잖아.

내가 남기고 온 사진과 동영상, 편지 같은 건
언제든 꺼내 볼 수 있지만
여행 떠나기 이틀 전 엄마와 동생 앞에서 들려준
최초이자 마지막 나의 기타 연주는
다시 들을 수 없고 기억 속에만 남았을 거잖아.

– 고운아 사랑했고 사랑하고 영원히 사랑해.
엄마가 내게 전해 준 말 그대로 돌려줄게.
– 엄마 사랑했고 사랑하고 영원히 사랑해.

그런 내 마음을 기타 소리에 담고 싶어.
엄마와 내가 다시 만나게 될 먼 훗날
기타를 치며 기다리는 나를 볼 수 있을 거야.
내가 찍은 영상을 배경으로 깔고
내가 만든 사랑의 선율이 흐르는 무대
생각만 해도 근사하잖아.
그러니 엄마, 이제 더 이상 울지 마.
울지 말고 아빠와 동생 곁에서 오래오래 머물다 와.

에스텔, 영원히 지지 않는 별

– 2학년 2반 길채원

채원이의 세례명 에스텔은
은매화 또는 별을 뜻한다지.

햇살 부신 날 너의 은매화는
누구의 울타리 안에 가서 환히 필까?

캄캄한 밤이면 너의 별은
어느 멋진 남자의 어깨 위에 살포시 내려앉을까?

네가 없는 세상은 한결 외로워서
가만히 눈 감고 있으면
네가 즐겨 부르던 노래
Let it go, Let it go
고운 목소리가 들려오는 듯해.

겨울왕국의 엘사가 되어
Let it go, Let it go
너를 가둔 얼음성을 깨고 나올 것만 같아.

에스텔, 네가 우리를 잊지 못하듯
너도 우리들 가슴에 박혀 있지.
영원히 지지 않는 별처럼 빛나고 있지.

미스캐스팅

– 2학년 2반 김민지

나, 김민지야.
예쁜 얼굴 늘씬한 키 덕분에
길거리 캐스팅도 당해 본 김민지라고!

기획사에 가서 오디션까지 봤지만
아무래도 내 길이 아닌 것 같아 접어 버렸지.
하지만 더 멋진 캐스팅이 나를 기다리고 있었어.

볼링부에서 만난 영진 오빠!
공원이나 보드 카페 혹은 영화관에서
다정하게 데이트하는 걸 본 사람이 있을 거야.
오빠와 도서관 데이트까지 즐겼다면
부러움에 눈을 흘길지도 모르겠군.

그렇다고 질투하지는 마.
나는 누구보다 아빠와 엄마를 사랑하고
영서와 범서 두 동생도 사랑하고
할머니에게 화장품 선물도 할 줄 아는
제법 괜찮은 김민지거든.
참, 볼링부와 우리 반 친구들도

내가 너무너무 사랑하는 거 알지?

그런데 생각지도 못한 데서
질투가 일어났나 봐.
하늘나라에서 갑자기 나를 캐스팅해 가지 뭐야.

내가 원했던 건 이게 아닌데……
이건 정말 미스캐스팅인데……

하지만 내가 너무 예뻐서 그랬다고 생각할래.
내가 그림도 잘 그리고 손재주가 많은 거 알지?
여기서 하늘나라를 예쁘게 꾸미면서 살아갈래.

오늘따라 하늘이 참 예쁘네.
그런 순간이 찾아들면 내 작품이라고 생각해 줘.
김민지가 있어 하늘이 저렇게 아름다운 거라고 속삭여 줘.

나눔 꽃

– 2학년 2반 김주희

피어 있니?
여기서 살다 간 그 모습 그대로
거기서 예쁘게 피어 있니?

맑은 숨 들어 올려
하늘 바람에 흔들리는 꽃대궁으로
너는 그렇게
여전히 예쁘고 아름답니?

어려운 이웃들 도우며 살겠다던
너의 다짐
조금씩 밀어 올리고 있니?

여기서 못 다 피운
나눔 꽃
거기서 활짝 피우고 있니?

봄이면 하늘 언덕 넘어와
우리 앞에 펼쳐 놓을 꽃향기
그게 바로 너인걸

네가 피운 나눔 꽃인걸

눈 감아도 알겠구나.
봄 지나 사계절이 흐르고 흘러도
천년 향기로
너는 우리들 마음에 스며들고 있겠구나.

심장에 심장을 포개다

– 2학년 3반 김도언

엄마, 내가 중학교 때 썼던 시 생각나지?
"나에게 있어 보물 같은 친구"
이렇게 시작했던 시 말야.

제주도보다 아득히 먼 곳으로
기약 없는 여행을 떠나왔지만
그래서 엄마 아빠를 만날 수 없고
오빠 목소리도 들을 수 없어 슬프지만
그런대로 괜찮아.
보물 같은 친구들과 함께 있으니까.

팽목항 근처 세월호 기억의 숲에
엄마가 나무를 심고 이렇게 썼잖아.
"엄마 아빠의 심장인 이쁜 도언아"
그걸 보는 순간 왈칵 눈물이 났어.
어떤 보물보다 소중한 게 심장일 테니까.

나에게 보물 이상이었던 존재가
엄마 아빠였다는 건 말 안 해도 알지?

내 심장이 엄마 아빠의 가슴속에서
대신 뛰고 있다고 생각해 줘.
열심히 아주 열심히 뛸 수 있도록
격려하고 응원도 보내면서 말야.
그래야 내가 오래도록 엄마 아빠를 지켜 줄 수 있잖아.

얼마 전에 황금이*가 나를 찾아왔을 때
반가우면서도 슬펐어.
– 엄마 아빠 곁에 더 오래 있다 오지 그랬니?
흘겨보다가 가여워서 꼭 끌어안아 줬어.

내가 좋아하던 하얀 담요를 끌어안고 울던
엄마를 생각하며 나도 조금 울고
그러다 다시 씩씩한 도언이로 돌아왔어.
슬픔이 지나쳐 심장이 상하면 안 되니까.
내 심장은 엄마 아빠 심장에 포개져 있으니까.

* 도언이가 졸라서 데려와 기르던 반려견

울지 마, 츤데레

– 2학년 4반 강승묵

안산시 상록구 월피동 삼일마트
내려진 셔터 위에 빼곡히 붙어 있던 쪽지들을
너도 보았겠지?

엄마 아빠가 황급히 진도로 내려가 있는 동안
이웃들의 간절한 기도가 쏟아졌어도
너는 끝내 네가 아끼던 기타 곁으로 돌아오지 못했어.

너는 셔터에 붙은 쪽지들을 보며
고마워요, 그리고 미안해요.
친구들과 무대 위에 설 때처럼
짜잔!
멋진 모습으로 나타나고 싶었는데
여러분의 기대를 채워 드리지 못했네요.
쑥스러운 표정으로 그렇게 말했을 것 같아.

그리고 엄마, 다음에는 돼지고기가 아니라 소고기를 넣고
생일 미역국을 다시 끓여 드리고 싶었는데
하느님이 그런 기회를 안 주시네요.
이런 말도 덧붙이고 싶었을 거야.

츤데레, 네 별명처럼 겉으로는 아닌 척하지만
얼마나 엄마, 아빠 그리고 동생 걱정을 하고 있을까.
네가 떠나고 맞이한 첫 생일날
하늘에서 후드득 빗방울이 떨어졌는데
그게 네 눈물이었다는 걸 금방 알 수 있었어.

츤데레, 울지 마!
울음은 우리 몫이니까
더 이상 울지 말고 너는 하늘나라에서
네가 사랑하는 가족들을 위한 노래를 만들고 있어.
소울이 담긴 네 목소리, 기다리고 있을게.

그림 속으로 걸어 들어간 아이

– 2학년 4반 빈하용

네가 그린 그림들을 본다.
커다란 덩치가 몇 시간씩 딱딱한 의자에 앉아
0.2밀리 가는 연필로 그린 세필화며
어린왕자가 살던 행성을 닮은 별이며
도시의 빌딩 숲을 헤엄쳐 다니는 물고기들이며……

네가 쓰던 팔레트와 쓰다 만 물감
네 손끝에 쥐어져 있었을 크고 작은 붓들을 본다.
딱딱하게 말라붙어 버린,
이루지 못한 너의 꿈을 본다.

성적표면 어떻고 가정통신문이면 어때.
종이란 종이는 모두 너의 스케치북이 되어 주었다지.
그릴 게 너무 많아 즐거웠다지.
네가 펼치고픈 상상의 공간은 끝이 없어서
수많은 형상들이 눈앞에 어른거리던
행복한 시간이 한순간 딱 멈추어 버렸을 때
너는 네 그림 속으로 들어가 버렸지.
그렇게 너는 그림으로 남았지.

그림은 움직이지 않지만
너를 생각하는 시간은 멈추지 않을 거야.
그리움이 너에게로 흐르고 흘러
네 그림 속 물고기로 나란히 헤엄치고 있을 거야.

들리나요? 내 기합 소리!

– 2학년 4반 임경빈

태권도라면 내가 짱이지.
하늘을 향해 일자로 쭉 뻗어 올리는
내 발차기 실력에 누구나 감탄했고
시합에 나갔다 하면 우승은 내 차지였거든.
하지만 나를 태권소년으로만 기억하면 서운해.

친구들과 축구와 농구로 우정을 쌓았고
아빠와 스타크래프트 게임을 즐겼고
엄마가 아플 땐 손을 잡고 빨리 낫게 해 달라 기도했고
엄마 아빠가 바쁠 땐 어린이집으로 동생을 데리러 가던
나, 임경빈을 태권소년에만 가두지 말아 줘.

그런 내가 왜 친구도 엄마 아빠도 동생도 만날 수 없는
이 낯선 곳으로 와 있는 걸까?
바다에 떠 있던 나를 누군가 끌어 올렸는데
그때까지 맥박이 뛰고 있었는데
왜 헬기는 나 대신 해경청장을 태운 채 가 버리고
배를 네 번이나 갈아타게 만든 다음
4시간 41분 만에야 병원으로 데려간 걸까?

왜 그런 사실을 부모님께 숨겼을까?
왜 아무도 용서를 구하지 않는 걸까?
10년이나 지난 뒤에야
해경청장과 구조 책임자들은 죄가 없고
국가가 조금 잘못했으니 대신 1,000만 원 던져 주라고
판사님이 방망이를 땅땅 두들겼다는데
그러면 끝나는 걸까, 그래도 되는 걸까?

엄마 생일선물 사 가겠다고 약속해 놓고
제주도에는 가 보지도 못한 채
단식하는 엄마, 삭발하는 아빠를 내려다보며 눈물 흘렸지만
앞으로는 울지 않으려고 해.
엄마 아빠가 얼마나 날 사랑했는지 새삼 알게 됐으니까.

그래서 오늘은 모처럼 발차기를 해 봤어.
얍!
내 기합 소리 듣고 힘내시라고.

마라톤을 사랑한 래퍼

– 2학년 6반 이영만

사랑하는 부모님! 제가 태어날 때부터 사랑을 베풀어 주시고 제가 태어날 때 가지고 태어난 큰 병에도 끄떡하지 않으시고 이렇게 살아서 숨 쉴 수 있도록 노력해 주신 부모님. 부모님께서 부르시는 '사랑하는 아들'이라는 뜻이 얼마나 큰 것인지 모르겠습니다. 부모님, 사랑합니다.

– 2010. 5. 8. 사랑하는 아들 영만이가

마라톤을 잘했던 너는
식도와 기도가 붙은 채 태어나서
세상의 빛을 본 지 닷새 만에 큰 수술을 받아야 했지.
인생이라는 마라톤의 출발점에서 겪은 시련이
너를 더욱 튼튼하게 했을 거야.

랩을 좋아했던 너는
178cm의 키에 비쩍 말라서 난민래퍼라 불리기도 했어.
키네틱 플로우의 〈몽환의 숲〉을 즐겨 불렀던 너는
지금쯤 어떤 몽환의 숲을 헤매고 있을까?
거기서도 마라톤을 즐기듯 힘차게 달리고 있을까?

너의 꿈은 우주과학자가 되는 거였는데
그래서 몽환의 숲을 지나 우주까지 달려간 거니?
우주가 아무리 커도
'사랑하는 아들'에 담긴 뜻만큼 크지는 않다는 걸
거기서 직접 느끼고 있니?
엄마가 베란다 창가에서 너를 기다리며
'사랑하는 아들'을 부르는 소리 들리니? 듣고 있니?

우주까지 뻗어간 너의 마라톤은
언제쯤이나 끝나게 될까?
결승선 같은 거 생각하지 말고
그냥 엄마에게 돌아오지 않으련.
엄마 품을 결승선 삼아 달려오지 않으련.

꽃길 산책

– 2학년 7반 박성복

수학여행을 떠나기 전
벚꽃 핀 길을 나란히 걸었지.
내년 봄에도 엄마랑 함께
꽃길 산책하자던 네 목소리
여전히 귀에 쟁쟁한데

벚꽃이 지듯
네 목숨 속절없이 지고 난 뒤
누구랑 함께 꽃길을 걸어야 하나?

네가 불던 오카리나
네가 켜던 바이올린
네가 치던 기타와 피아노
무엇보다 네가 건네던 다정한 목소리

네 피아노 반주에 맞춰
동생 성혜가 하모니카를 불던
아름다운 날들은 모두 어디로 숨었나?

슬픔의 샘을 들여다보노라면
하늘나라 꽃길을 걸어가는
성복이의 뒷모습이 뿌옇게 흔들려서
엄마는 자꾸만 도리질을 한다.

어서 내려오렴.
내려와서 지상의 꽃길을 함께 걸어야지.
목이 멘 엄마는
차마 꽃들이 내미는 손을 잡지 못한다.

그 남자의 눈빛

– 2학년 7반 박인배

눈두덩이 찢기고 입술 터진 추성훈이
승리의 주먹을 번쩍 치켜들 때
이글거리던 눈빛에 반했다고 했지.

너는 강해지고 싶었던 거야.
아버지가 암으로 돌아가신 뒤
엄마와 여동생의 울타리가 되어 주려면
누구보다 강한 사내가 되어야 했지.

강명이를 따라 체육관에 갔다가
네 눈에 들어온 킥복싱!
운명처럼 가야 할 길이 거기 있다는 걸 알았어.

흔들리면 지는 거야.
상대의 주먹이 날아와도 결코 눈을 감으면 안 돼.
스파링을 할 때면
마우스피스를 꽉 물곤 했지.

그런 네가 바닷속으로 가라앉던 날
차마 눈을 감지 못했을 거야.

마우스피스를 물 때보다 더욱 꽉
움켜쥐고 싶었던 구원의 밧줄
하지만 끝내 아버지 곁으로 가야 했을 때
멀리서 천사의 나팔꽃들, 일제히 고개를 숙였어.

승자는 없고 패자만 남은 날들이 오래도록 이어졌어.

나를 밀어 가는 꿈

– 2학년 7반 이강명

내게도 꿈이 생겼다.
특전사 하사관!
사촌 형처럼 멋진 군인이 되어야지.
"안 되면 되게 하라!"
특전사의 구호처럼
그동안 내 것이 아니었던
운동도 공부도 열심히 해야지.
꿈이 생겼다는 건
자신감이 생겼다는 것
내 삶이 바빠졌다는 것
나는 이제 옛날의 강냉이가 아니다.
강냉이라 놀리던 친구들아
내 합기도 동작 멋지지 않니?
내 표정에서 카리스마가 느껴지지 않니?
비로소 이제 나다운 내가 된 거야.
이강명.
내 이름 석 자를 사랑하는 법을 배웠으니
동생도 부모님도 친구들도
앞으로 더욱 사랑해 주어야지.
나는 멋진 남자, 이강명이니까.

더 이상 강냉이가 아니니까.

낯선 여행지에서 보내는 편지

– 2학년 7반 허재강

엄마 아빠가 여행을 좋아해서
덩달아 나도 여기저기 많이 다녔어요.
방학 때면 경상도 시골 할아버지 댁과 외갓집을 거쳐
거제도 구경까지 하고 왔는가 하면
새해맞이로 일출을 보러 다니기도 했어요.
제주도는 이미 두 번이나 다녀왔지만
친구들과 함께하는 수학여행이라 설레더라고요.
가장 기억에 남는 건 산천어 낚시 여행이에요.
마지막 가족 여행이 되고 말았기 때문이죠.

가고 싶은 곳이 참 많았어요.
가족들과 계획했던 유럽 여행도 그렇지만
아프리카나 아마존 밀림 같은 오지에 가서
희귀한 파충류를 맘껏 관찰하고 싶었어요.
내 꿈이 파충류를 연구하는 동물학자였다는 얘길 했던가요?
하필이면 파충류라니, 그런 식의 말은 하지 마세요.
뱀이 얼마나 사랑스러운데요.
내가 기르던 반려동물 이름이 재룡이었어요.
재룡이가 도마뱀이라고 하면 놀라시려나요?

아직 가 보지 못한 곳 많은데
한 번도 가 보고 싶다는 생각조차 하지 않았던
낯선 곳에 여행을 와 있네요.
가족을 떠나 혼자 하는 여행이라 무서웠어요.
이런 식으로는 오고 싶지 않았고
누구도 초대하고 싶지 않은 곳이에요.
수학여행 전날 엄마와 마트에 들러 장을 보던
그 시간으로 돌아가고 싶어요.

지금은 괜찮아요. 같이 온 친구들이 많잖아요.
엄마가 암 수술 받던 날 여기서 간절히 기도했어요.
더 이상 하느님을 원망하지 않게 해 달라고요.
엄마가 핸드폰에 '멋진 사랑'이라고 저장해 놓은 대로
나는 여기서 멋진 재강이로 지낼 테니
동생 민영이를 내 몫까지 사랑해 주세요.
내가 떠나온 지구별을 아름답게 기억할 수 있는 건
거기서 엄마 아빠의 사랑을 받았기 때문이에요.
고마워요, 그리고 사랑해요.

돌아오지 않은 신발

– 2학년 9반 진윤희

야자 마치고 돌아올 때면
엄마는 딸이 안쓰러워
가방을 들어 주겠다 하고
딸은 엄마 힘들다며 한사코 거절했지.

꾸밀 줄도 몰랐고
무얼 사 달라고 할 줄도 몰랐던 너는
2년이나 같은 신발을 신고 다녔지.
그런 너에게 수학여행 3일 전
바지 두 벌과 반팔 티셔츠에 카디건 하나
그리고 새 신발 한 켤레를 사 주었어.

새 신을 신고 뛰어 보자 팔짝
동요에 나오는 노랫말처럼
내 딸도 그렇게 뛰어오르길 바랐는데

네가 바다에서 돌아오던 날
캐리어도 휴대전화도 신발도 사라지고 없었지.

현관에 남겨진 밑창 닳은 신발을 끌어안고

얼마나 울었는지 몰라.
좀 더 일찍 사 줄걸.
좀 더 많이 사랑해 줄걸.

신발이라도 신고 나왔으면
조금은 덜 슬펐을까?
엄마 마음은 이렇게 아픈데
너는 어쩌면 이렇게 말했을지도 몰라.

– 괜찮아. 새 신발도 신어 봤잖아. 그럼 됐지, 뭐.

너는 그런 딸이었으니까.
언제나 마음씨 고운 내 딸이었으니까.

우리들의 고민상담소

– 2학년 10반 이경주

학교 가기 전 농놀(농심가 슈퍼 앞 놀이터)에서 만나 놀고
수업 마치면 와초(와동초등학교) 앞 와동분식에서 떡볶이 사 먹은 다음
사세(사세충렬문) 쌍둥이 정자로 몰려가 놀다
썬놀(Sun놀이터)로 옮겨 더 놀고
주말에는 올기(올림픽기념관)에서 춤 연습을 하고

그때 만나서 놀던 친구들이 너에게 편지를 썼어.

안녕, 나 가은이
– 하늘나라에서 만나서 그때 다시 동시에 태어나자.
안녕, 나 효정이
– 너희 어머니랑 아버지 그리고 길영이는 우리가 잘 챙겨 드릴게!
안녕, 나 지수
– 틈 생길 때마다 너 생각 너 얘기 애들이랑 많이 해. 언제쯤 볼 수 있을랑가 궁금해 죽겠다.
안녕, 나 예림이
– 맨날 만나면 내가 돼지라고 놀렸었는데…… 그때가 너무 그리워.
안녕, 나 혜린이

– 우리가 마지막으로 본 게 아마 병원인 거 같은데…… 그때 재밌었는데, 입원해선 놀고 그랬었는데……

안녕, 나 다빈이

– 니 손 만지면서 매니큐어도 발라 주고 이쁘게 꾸며 줄 자신 있는데, 다음 생에도 내 친구 해 줘. 그때는 손톱 완벽하게 해 줄게.

안녕, 나 혜지

– 살아생전 못해 줘서 너무 미안해. 너무 보고 싶다.

안녕, 나 건웅이

– 거긴 좋은 곳이라 믿고 이제 안 울게. 거기서만큼은 아무 걱정 없이 잘 지내 줘.

안녕, 나 채은이

– 너랑 중학교 이후로 항상 만나서 논 것도 아니고 잠깐잠깐씩 만났었는데 그것마저 아쉽고 많이 후회돼.

안녕, 나 혜승이

– 버스 타면서 기분 좋게 머리칼이 휘날리면 너가 꼭 햇볕에서 바람 부는 방향을 보면서 머리칼 휘날리고 있는 게 상상이 가더라.

안녕, 나 현지

– 우리 항상 너 생각하고 그러니깐 너무 서운해하지 마. 우린 항상 너가 첫 번째인 거 알지. ㅎㅎ

안녕, 나 석환이
–보고 싶다. 진가은 애네 만나면 니 빈자리 느껴지고……

친구들 모든 고민 들어주고, 파란색 좋아하는 친구에겐 파란 펜으로 검은색 좋아하는 친구에겐 검은 펜으로 틈날 때마다 편지 써서 건네주던, 춤꾼이자 의리파 경주는 지금도 하늘나라에서 춤을 추다 말고 친구들이 무슨 고민을 하고 있나, 귀 기울이고 있을지 몰라. 그러니 우리 외로울 때나 슬플 때 경주 이름을 불러 보자. 불러도 불러도 닳지 않는 이름, 우리들의 영원한 친구 경주야!